Beascoa

Papel certificado por el Forest Stewardship Council®

Primera edición: septiembre de 2019

Printed in Spain – Impreso en España

ISBN: 978-84-488-5311-2
Depósito legal: B-13.019-2019

Compuesto por Magela Ronda
Impreso en Gráficas Estella
Villatuerta (Navarra)

BE 5 3 1 1 2

Penguin
Random House
Grupo Editorial

El secreto del profesor

Capítulo 1
UNA ASIGNATURA EXTRAESCOLAR OBLIGATORIA

Ulises y Lía estaban enfadados. Muy enfadados. Y tenían motivos para ello. Eran los únicos de su clase que, sin comerlo ni beberlo, iban a ser alumnos de Aventura Total.

Cada curso los alumnos de la escuela de Ulises y Lía podían elegir entre tres asignaturas extraescolares: Ciencia Aplicada, Robótica Avanzada y Aventura Total. Pero aquel año, el día que los alumnos escogieron la asignatura extraescolar, Lía estaba en casa con gripe.

El caso de Ulises fue aún peor. Él sí estaba en clase, pero acababa de descubrir algo que le tenía muy ocupado y no se enteró de que sus compañeros estaban escogiendo las asignaturas extraescolares.

Como las otras dos asignaturas ya estaban llenas, la tutora de Ulises y Lía les apuntó a Aventura Total. Ellos se quejaron, claro, pero la decisión ya estaba tomada. Y Ulises y Lía no tuvieron más remedio que presentarse en la clase del profesor Hache.

La primera clase de Aventura Total fue mortalmente aburrida. El profesor Hache abrió un viejo libro sobre la vida del explorador David Livingstone, empezó a leer y siguió leyendo durante toda la hora.

¡SI FUERA UNA MOSCA AHORA PODRÍA ESTAR VOLANDO!
OIGA, LLEVA CUARENTA Y CINCO MINUTOS LEYENDO. ¿TODAS LAS CLASES VAN A SER ASÍ?

Capítulo 2

SERENDIP NO ES UN COCHE

Unos días más tarde, durante la segunda clase de Aventura Total, algo cambió. De repente una cosa llamó la atención de Lía. Y entonces empezó todo.

¡NO! SERENDIP NO ES UN COCHE. ¡ES UNA NAVE! ¡Y NO, NO PUEDES SUBIR EN ELLA!
Y AHORA SIGAMOS CON LA APASIONANTE VIDA DE LIVINGSTONE...

A pesar de las quejas del profesor Hache, Lía subió a la nave y empezó a tocarlo todo.

No era fácil llevarle la contraria a Lía. Por eso, pese a las quejas y el enfado del profesor Hache, Ulises acabó dentro de la nave.

Y entonces ocurrió. Al intentar salir de la nave, Ulises tropezó y se sentó encima de los mandos. Se encendieron un montón de luces, se cerraron las puertas y se oyó el estruendo de los motores.

Primero la nave se desplazó lentamente un par de centímetros y, de repente, se oyó un gran ruido. El techo se abrió de par en par y la nave salió despedida a una velocidad extraordinaria.

Segundos más tarde, *Serendip* ya surcaba el espacio. Y aunque Lía y Ulises todavía no lo sabían, la nave viajaba directamente al planeta Eternia.

¡QUÉ DESASTRE, LÍA!
¡QUÉ DESASTRE!

¡NO SEAS NEGATIVO!
¡ESTO SÍ QUE ES
UNA VERDADERA
AVENTURA TOTAL!

Capítulo 3

EN EL ESPACIO

A bordo de la nave, Ulises y Lía no veían las cosas de la misma manera. Lía se sentía feliz porque para ella aquello era una gran aventura. A Ulises, sin embargo, se lo comían los nervios.

¡EL HUEVO HA HABLADO! ¡HA DICHO "INCORRECTO"!
¡NO! BIP. NO SOY UN HUEVO. SOY ROXLO, ROBOT PILOTO. BIP.

Roxlo no solo hablaba. Pilotaba la nave y albergaba miles de datos que podían ser útiles en cualquier momento. Además, podía proyectar imágenes del profesor Hache desde la Tierra. Y eso tranquilizó bastante a Ulises.

Roxlo les explicó que Eternia era un planeta lejano que el profesor Hache había estado estudiando durante años. Según Roxlo, *Serendip* estaba programada para ir y volver de Eternia sin ningún problema.

Hubo algunas sorpresas durante el viaje. *Serendip* tuvo que sortear campos de ondas magnéticas, lluvias de meteoritos y un montón de escombros que las agencias espaciales de la Tierra habían dejado abandonados en el espacio.

Mientras navegaban por el espacio, Roxlo no solo les dio infinidad de informaciones, sino que cuidó de ellos en todo momento.

Y, de repente, mucho antes de lo que esperaban, divisaron Eternia. Realmente parecía un planeta precioso.

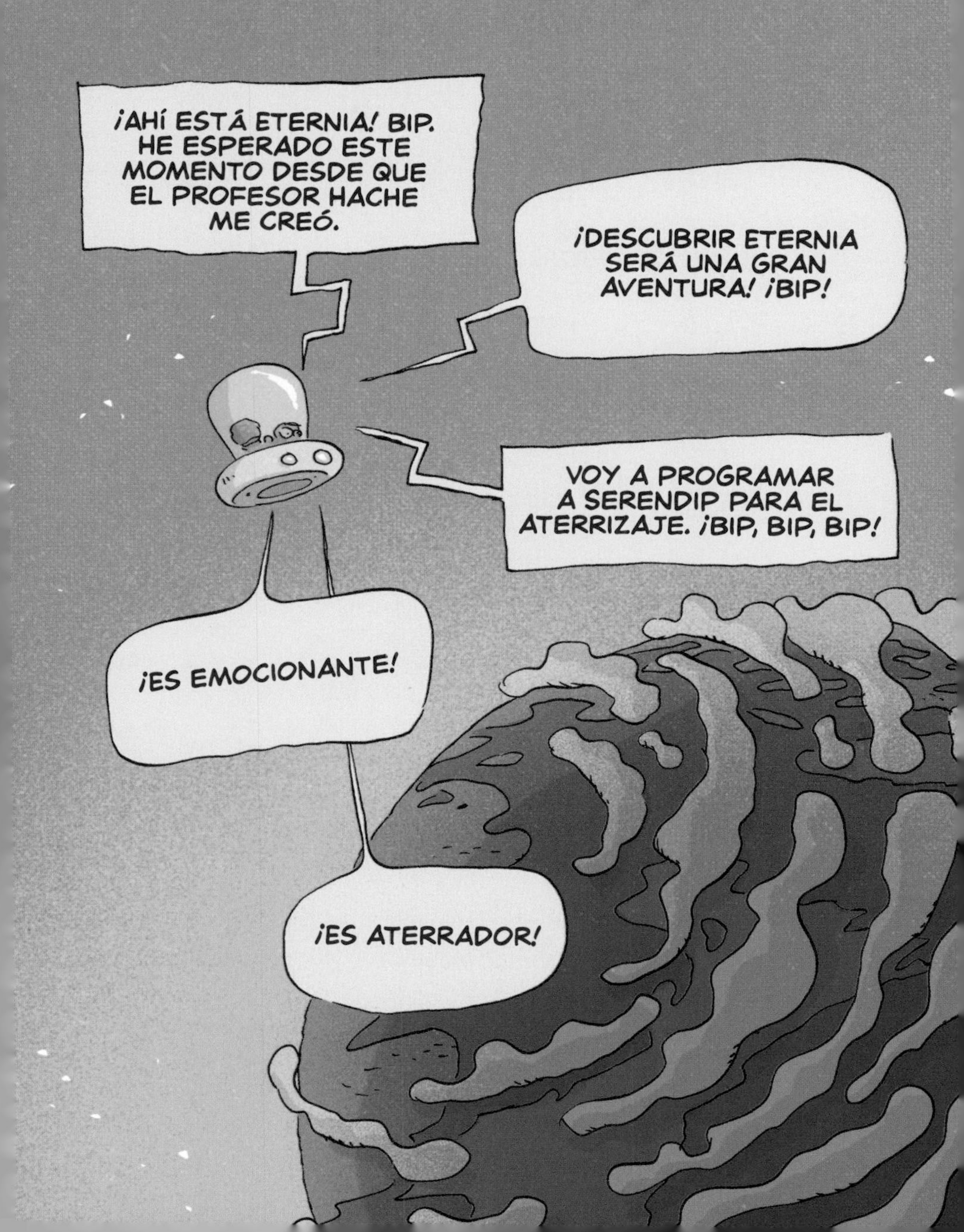

Roxlo hizo que la nave se dirigiera hacia una zona azul del planeta. Escogió una gran pradera para que la nave aterrizara, o quizá sería mejor decir «eternizara».

¡INCORRECTO! BIP. ¡ESO ES UN QUERÓN! PARECE UN CONEJO PERO EN REALIDAD ES UN AVE. SUELE PONER DE TRES A DOCE HUEVOS, Y VIVE EN MADRIGUERAS BAJO TIERRA.

Capítulo 4
ETERNIA

Tan pronto como *Serendip* se posó en Eternia, Roxlo recordó a Lía y Ulises que el profesor Hache había dicho que ni se les ocurriera salir de la nave. Solo él podía bajar para recoger datos y muestras.

¡QUIÉN SABE
QUÉ PELIGROS
PODRÍAMOS
ENCONTRAR!
VALE, ¿Y POR
QUÉ MÁS?

Pero lo de no alejarse de la nave era pura fantasía. Lía, maravillada por todo lo que veía, no pudo evitar ponerse a investigar y, tras ella, Ulises no paraba de quejarse.

Los ruegos de Ulises fueron inútiles y Lía y él fueron alejándose de la nave hasta que unos árboles muy extraños les impidieron seguir avanzando. Roxlo, evidentemente, no los perdía de vista.

Las sorpresas que les deparaba Eternia eran tantas que, apenas descubrían algo, otra cosa llamaba enseguida su atención. Y lo siguiente que vio Lía fue una preciosa cría de caucas, aunque, claro, ella creyó que era un pequeño roedor.

Como era de esperar, Lía no le hizo caso a Roxlo. Y Ulises, convencido de que un animal tan pequeño y bonito era inofensivo, no se quejó demasiado. Pero, de repente, se oyó un rugido y un enorme caucas apareció entre ellos con una actitud muy poco amigable.

VERÁ, SEÑORA CAUCAS, HEMOS ENCONTRADO A SU HIJO Y, COMO TENÍA EL PIE APRISIONADO...
... LE HEMOS AYUDADO.
NO QUIERO VER CÓMO LA DEVORA, ¡NO QUIERO VERLO!

Contra todo pronóstico, Lía no solo se entendió perfectamente bien con la madre del pequeño caucas, sino que consiguió algo asombroso.

Capítulo 5
LOS ETERNIANOS

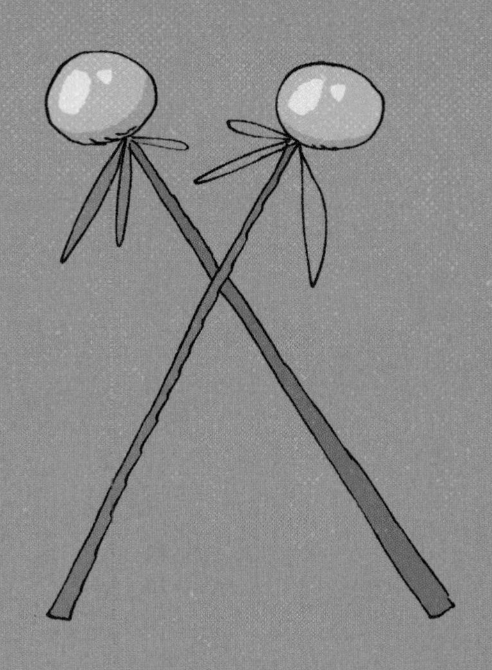

Por la noche, Lía y Ulises estaban agotados. Roxlo se encargó de encender un buen fuego y, mientras los niños dormían profundamente, mantuvo una conversación con el profesor Hache.

Roxlo estaba observando las dos lunas de Eternia, cuando pasó algo inesperado. Se oyó un ruido entre los árboles parecido al chirrido de una puerta abriéndose.

BIP. ¡EXACTO! CUANDO SE OYE EL CHIRRIAR DE UNA PUERTA...
... ES PORQUE SE ABRE UNA PUERTA. ¡TODO CUADRA!

¡Claro que era una puerta! Y de ella empezaron a salir un montón de eternianos armados con unas lanzas muy extrañas que rodearon a Ulises, Lía y Roxlo.

Unos segundos más tarde, los eternianos obligaron a Lía, Ulises y Roxlo a entrar dentro de la empalizada y allí descubrieron un poblado.

No puede decirse que los eternianos recibieran demasiado bien a Lía, Ulises y Roxlo, más que nada porque inmediatamente los encerraron en una jaula.

Capítulo 6
ACUSADOS

Tras pasar un rato en la jaula, a Ulises, Lía y Roxlo los llevaron ante lo que los eternianos llamaban el Consejo, y allí supieron que los acusaban de ser espías de la reina Runa.

Lía no entendía nada de lo que estaba sucediendo. Por eso, pese a que la situación no les era muy favorable, empezó a hacer preguntas a los eternianos: ¿Quién era la reina Runa? ¿Qué estaba pasando?

Cuando los encerraron de nuevo en la jaula, Lía exigió a Roxlo que le contara lo que estaba pasando. Y el robot se lo contó con todo detalle.

Roxlo también les habló de los clones, el gran ejército de la reina Runa. Ulises se asustó bastante cuando supo que los clones jamás se detenían ante nada, pero Lía quiso saber todos los detalles.

Mientras los eternianos desmontaban su campamento para trasladarse a un lugar seguro, Lía insistió en que no eran espías, pero nadie le hizo caso.

Cuando el campamento estuvo completamente desmontado, los eternianos subieron la jaula donde tenían a sus prisioneros a un extraño carruaje.

No es que hubiera una gran distancia entre el antiguo campamento y el bosque dorado, pero avanzar por el prado lleno de raíces no era fácil.

NO CREO QUE SEA UNA TRAMPA Y TAMPOCO CREO QUE SEAN ESPÍAS.

Capítulo 7
PELIGRO

Todo iba a pedir de boca, al menos para los eternianos, cuando, de repente, en el cielo aparecieron tres naves y todos salieron corriendo para ocultarse en el bosque dorado.

¡RÁPIDO, ROXLO! ¡DANOS DATOS!
SON 3 NAVES DE LOS CLONES. CALCULO QUE DENTRO HAY 20 CLONES EN CADA UNA. Y EN 1 MINUTO, 27 SEGUNDOS Y 12 DÉCIMAS HABRÁN ATERRIZADO.
¡¡¡20 CLONES POR 3 NAVES SON 60!!! ¡¡¡60 CLONES!!!

Y entonces, mientras los clones aterrizaban, ocurrió algo terrible. Ulises estaba tan asustado que no pudo evitar que se le escapara una ventosidad apestosa.

No fue fácil sobreponerse al apestoso olor, pero lo peor fue que los clones empezaron a salir amenazantes de sus naves.

Afortunadamente, los clones eran tontos, pero no tanto como para no entender que si Lía, Ulises y Roxlo estaban en una jaula era porque no eran amigos de los eternianos.

En ese momento Lía se dio cuenta de que a una pequeña eterniana se le había quedado atrapado un pie en una raíz.

Roxlo cortó los barrotes de la jaula en apenas un segundo para socorrer a la pequeña eterniana pero las cosas se complicaron enormemente porque, de repente, se vieron rodeados de clones.

Capítulo 8
UN GOLPE SEGURO

Las cosas no podían estar peor. Los clones, pese a las amenazas de Lía, se acercaban peligrosamente. Pero entonces, un gran rugido los alertó.

De repente, apareció la madre del pequeño caucas y se situó ante los clones para proteger a Lía, Ulises, Roxlo y la pequeña eterniana.

Una vez que los clones retrocedieron, el enorme animal se agachó para que Ulises, Lía, Roxlo y la pequeña eterniana subieran a su espalda.

El gran animal empezó a cabalgar hacia el bosque dorado y, a su paso, los clones huían despavoridos.

Cuando la madre caucas entró en el bosque, por primera vez desde la llegada de los clones todos se sintieron a salvo.

Aquel bosque era bastante misterioso. Las copas de los árboles eran tan frondosas que no dejaban entrar la luz y todos sintieron como si cientos de ojos les observaran.

El bosque parecía un lugar muy tranquilo, pero, cuando menos se lo esperaban, un montón de eternianos salidos de la nada los rodearon completamente.

Capítulo 9
CONCORDIA

Los eternianos parecían muy enfadados, pero cuando la pequeña eterniana empezó a hablar, todo cambió radicalmente.

QUEDÉ ATRAPADA EN UNA DE LAS RAÍCES Y SI NO LLEGA A SER POR ELLOS AHORA SERÍA PRISIONERA DE RUNA.
... Y TENEMOS QUE TRATARLOS COMO TRATAMOS A LOS AMIGOS.
¡SUERTE QUE NO HABLABA!

Roxlo dijo a los eternianos que si montaban su nuevo campamento elevado entre las copas de los árboles y el suelo, prácticamente sería imposible verlo desde el aire ni desde la tierra.

Roxlo cortó, clavó y pintó un montón de ramas y tablones. Ulises y Urbe encontraron una casa para los caucas. Y a Lía, que trabajaba a lo loco, se le cayó un tronco encima y le rompió las gafas.

Aquella noche Roxlo les dijo a Lía y Ulises que había llegado la hora de volver a casa. Ulises estuvo muy de acuerdo, y Lía, solo un poco. Aun así, no pudieron irse porque los eternianos les habían preparado una sorpresa.

Capítulo 10
REGRESO A CASA

Y al final llegó la hora de partir. Ya salían los dos soles de Eternia, cuando Lía, Ulises y Roxlo se despidieron de los eternianos.

No tardaron mucho en llegar al lugar donde habían dejado a *Serendip*. Y a pesar de que regresaban a casa, Ulises y Lía se sentían muy extraños.

Roxlo programó la nave para el viaje de regreso, pero antes de que la pusiera en marcha, un montón de clones la rodearon. Y esta vez no estaban solos. Estaban con ella, con la reina Runa.

Poco podía imaginar la reina Runa que *Serendip*, con los motores a la máxima potencia, alcanzaba una velocidad que la hacía imbatible.

El viaje de regreso fue tan rápido que casi no hay manera de describirlo. *Serendip* llegó a la Tierra en el tiempo que tarda un rayo en cruzar el cielo en plena tormenta.

Y mucho antes de lo que Lía y Ulises habían pensado, *Serendip* aterrizó justo en el lugar del que había despegado: la clase del profesor Hache.

El profesor Hache estaba dispuesto a echarles una regañina histórica, pero se puso tan contento de verlos sanos y salvos, que solo pudo alegrarse.

Lía y Ulises le estaban contando al profesor todo lo que les había pasado en Eternia, cuando sonó el timbre que indicaba que la clase había llegado a su fin.

Aquella tarde, cuando Lía y Ulises se dirigían a casa, no pudieron evitar mirar al cielo. Y entonces supieron que más pronto que tarde regresarían a Eternia.

EN ETERNIA.
Y EN URBE.
¡Y YO!

Próximamente...
Un plan maléfico